Das Thema »Liebe« in allen Farben und Formen ist für Marie Luise Kaschnitz in allen Phasen ihres Schaffens immer ein Lebenselement gewesen: tiefgründig, analytisch, geheimnisvoll, beängstigend. Immer wieder hat sich Kaschnitz selbst auf die Probe gestellt, um die Ernsthaftigkeit, die Verläßlichkeit dieses phänomenalen Gefühls zu überprüfen. Ja, sie ist so weit gegangen, das Paradies samt Adam und Eva einer kühnen Korrektur zu unterziehen, weil sie wußte, was sich eine Liebende wünscht und auf welche Weise sie von irdischer Enttäuschung erlöst wurde. Gedichte haben ihr eigenes Schreiben, Denken, Dichten, Lieben.

Der vorliegende Band versammelt eine Auswahl der schönsten Liebesgedichte der Autorin.

insel taschenbuch 3123

Marie Luise Kaschnitz

Liebesgedichte

Marie Luise Kaschnitz
Liebesgedichte

Ausgewählt von Elisabeth Borchers

Insel Verlag

insel taschenbuch 3123
Originalausgabe
Erste Auflage 2005

Hinweise zur dieser Ausgabe am Schluß des Bandes
Vertrieb durch den Suhrkamp Taschenbuch Verlag
Umschlag: Michael Hagemann
Satz: Hümmer GmbH, Waldbüttelbrunn
Druck: Memminger MedienCentrum AG
Printed in Germany
ISBN 3-458-34823-9

1 2 3 4 5 6 – 10 09 08 07 06 05

Liebesgedichte

Die Liebenden

Und diese fragen wir nicht, die Liebenden?
Lassen sie stehen, die in sich Versunkenen, Stillen,
Lächeln und gehen vorbei, keiner Antwort gewärtig –
Ist denn das Ewige, immer Erfahrene stumm?
Wohnt ihm nicht inne Kraft der Verwandlung, große,
Und das Geheimnis des Wachstums, der Reife, alles
Was wir erhoffen vom kommenden Tag?

Denn immer gelüstet uns doch, daß wir freier werden,
Heiterer, froher der Welt. Von uns selber Erlöste.
Und Heimat erstreben wir immer, Überallheimat,
Und Licht, das uns glänzt aus den Augen der Menschen,
und Trostruf,
Den singen die Stimmen, die fremden, im Anbruch
der Nacht.

Lachen aber ist immer, wo Liebe ist.
Loblieder werden gesungen, wo Liebe ist.
Du bist schön, sagt die Liebe und meint ein Gesicht,
einen Nacken,
Meint eine Brust, einen Schritt, und es geht doch ihr
Loblied
Wie ein Wanderer jubelnd dahin, über Wälder und
Berge
Greift das Erblühende alles, das Rieseln und Rauschen,
Spielt auf der Harfe der Welt.

Du bist stark, sagt die Liebe
Und meint einen Leib, eine Stirn, und ersehnt sich
des Geistes
Mächtiges Wehen aus diesem vergänglichen Atem.
Und jeder meint, wenn er liebte, der Welt zu entraten,
Und jeder gehört ihr doch tiefer als jemals zuvor.

Und schön ist doch immer und herrlich verwandelnd
das erste Sich Aneinanderverlieren, die rufenden
Blicke
Und das Erglühen der Wangen, die Feiertagsfreude,
Die aufbricht im Dämmer des Morgens, der heißt für
die andern
Einer wie viele, mit Sonnenschein oder mit Regen.

Aber für Dich ist er alles, es reden die Dinge
Alle die stummen Dir plötzlich, es glänzen die trüben
Augen Dir alle mit einmal, geleiten Dich freudig
Entgegen der klingenden Pforte des Wiedersehns.

Und süß sind, voll Hoffnung, doch immer die
schimmernden Bilder,
Die einer dem anderen malt, und die hellen Gesänge,
Die einer dem anderen singt vom gemeinsamen Morgen.
Und dieser beschwört nur das Zimmer, die arme
Gerätschaft,
Die friedlichen Wege am Abend, die Laube im Garten,
Und jener ein Haus mit Altanen und Sälen, und Flüge
Über die Kordilleren im Mittagsgewitter –
Es wird doch allezeit etwas ins Leben gesungen,

Das war vordem nicht.
Und ein Schritt wird erweckt, der sich aufhebt,
Und war vordem nicht.
Und ein Hauch wird erweckt, ein Atem,
Der war vordem nicht.

Und sehr erschüttert sind Liebende, wenn sie gewahr
werden dessen,
Das tritt durch sie hin, aus der Dunkelheit kommend,
ins Helle.
Da standen sie selber noch eben, so unerwachsen
im Winde,
Und zitterten, bargen ihr Haupt vor dem lodernden
Busch.
Und die Flamme, die erst sie durchglühte, das
Freudenfeuer,
Brennen soll es nun stetig, ummauert, behütet,
Nahrung und Wärme den Kindern. O Ende, Ende,
Bittersüße Verwandlung in jeder Geburt.
Doch wenn sie es auf sich nehmen, sieh, wie sie wachsen
Und lernen so rasch. Zwar den Frauen
Ist dies alles vertraut und ein liebliches Wiedererinnern,
Aber die Finger der Väter betasten zager
Die winzigen Hände, die bläulichen Nägel, und fremder
Berührt sie der enzianblaue unbeugsame Blick.
Doch wenn sie dann aufschauen plötzlich, die
Liebenden, anders
Lieben sie sich und umarmen und küssen sich anders.
Du bist schön, sagt die Liebe und meint die empfangende
Erde,

Du bist stark, sagt die Liebe und meint die zeugende Kraft.

Und später, durch wie viele Meere gilt es zu schiffen,
Um wie viele Felsen, nun tapfer, nun listig. Denn Raum ist
Für größere Liebesentfernung im einzigen Zimmer
Als zwischen Ilion ehmals und Ithaka.
Und Fluchtwünsche sind und Tage, da dieses Dein Leben
Eng wird und glanzlos und wie auf dem Globus die Linien,
Die unbefahrenen schmerzlich ins Blaue sich schwingen,
Lockt Dich das andere, tausendgestaltige Leben
Mit Zauber des Hornrufs. – Und Trauer der Lebenswende
Fällt auf den Mann. Und Einsamkeit, große, und Trauer
Fällt auf die Frau, wenn die Kinder dem Schoße entwachsen.
Und Eigenheit formt die Gesichter und nicht ist wie ehmals
Alles voll Süße. Doch wunderbar ist die Begegnung,
Die unverhoffte, in Wäldern der Fremdheit, ein Strahlen.
Du bist schön, sagt die Liebe und meint das Geprüfte, Vertraute.
Du bist stark, sagt die Liebe und meint das unbeugsame Herz.

Ach, und wenn später die zählbaren Jahre kommen,
Wird nicht dies alles durchglüht wie die Blätter der Birken,

Die goldenen, sanften, und feurige Blätter des Ahorns,
Und erhellt jede Nacht, da ein Haupt sich dem anderen
zuneigt,
Jeder Gang durch den Wald, der vom Holzschlage
klinget im Winter,
Doch duftend drängt sich in sonniger Mulde das
Jungholz,
Und es leuchtet das Brombeergerank und der Seidelbast
blüht.
Und das Werk ist gewachsen, und ob es hier keiner
vollendet,
Ist doch noch jeder Tag eine Stufe, ein Näherkommen,
Und ob auch so vieles den hütenden Händen entronnen:
Abtrünnige Kinder sind liebend schon heimwärts
gewandt.

Und fragen wir diese also, die Liebenden,
Nach der Musik, nach der Zukunftsmusik,
Schweigen sie still wohl und lächeln, doch aus ihren
Blicken strahlt Treue,
Treue geübt am alles umfassenden Leben,
Treue geübt am unsterblichen Geist.

Heimat

Wer bin ich denn, daß ich mich mit Antäus vergliche.
Wenig weiß man von ihm,
Nur daß er ein Riese an Kraft war, solange seine Füße
Heimaterde berührten. Und daß seine Feinde
Ihn aufhoben von der Erde, der Heimaterde,
Da war er ein Schatten, ein Leichtgewicht, ein leicht zu
Überwindender,
Machtlos.

Mancher treibt heute dahin, den seine Feinde aufhoben,
Flüchtig eilt er dahin, vogelfrei, machtlos.
Und hatte doch einmal ein Haus und sagte »mein Haus«,
Und hatte doch einmal Herden von Vieh und sagte
»meine Herden«,
Und hatte Gerät, über das er bestimmte, sonst keiner.
Und gehört jetzt zu denen, die fremd an den Tischen
sitzen,
Die um alles bitten müssen,
Die alles geliehen bekommen,
Die murren ...

Aber von diesem alleine rede ich nicht.
Nicht von der Besitzheimat rede ich, der Machtheimat,
Die wieder erkämpft wird, immer wieder erkämpft wird,
mit Strömen von Blut.
(Wartet nur, sagen sie, bis wir wiederkommen.
Wartet nur, sagen sie, bis wir wieder die Herren sind.

Gut gedeiht das Korn, das mit Blut gedüngt ist.
Gut gedeiht der Garten, der mit Tränen gedüngt ist.
Gut gedeiht dann unser Land.)

Auf die Heimat, an die ich denke, können keine
Grundbriefe ausgestellt werden, keine
Übereignungen, keine Erbscheine.
Rache wird nicht geschworen für diese unsere Heimat.
Denn sie kann nicht erobert werden,
Niemals wird sie uns völlig verlorengehen.

Wer von seiner Heimat redet, erweckt viele Erinnerung.
Alle, die ihm zuhören, sehen die eigenen Bilder,
Seine Sehnsucht ist der Stab, der den Quell aus den
Felsherzen schlägt,
Sein Heimweh bahnt den Weg durch das Meer des
Vergessens.

Brunnen, sagt er, und tausend Brunnenrohre heben ihr
Flötenlied an.
Grünweißes Wasser springt auf die lechzenden Hände.
Westwind, sagt er, vom Ozean treiben die Wolken,
Lämmer und Hunde und Riesen, über das Tal hin.
Juni, sagt er, und Sensen rauschen durchs Taugras,
Weihnachten, sagt er, im Fenster erglühen die Kerzen,
Hunde bellen.
Orion steht über dem Schneefeld …

Wer von dieser seiner Heimat redet, meint das
Kinderland, das Urland.

Wo alles groß war,
Wo alles geheimnisvoll war,
Wo nichts verging.

Wer könnte auf dieses Land einen Grundbrief besitzen?
Ein Recht auf die niedere Mauer des Friedhofs, der wie
ein Schiff hinsegelt,
Ein Totenschiff auf dem Gipfel der Wiesenwelle,
Ein Recht auf den Regenbogenglanz im Moore am Ende
des Hochtals, wo die Wollblumen blühen?
Ein Recht auf die schlohweißen Männer, die
Wildsauscheuchen,
Die am Waldrand leuchten im Mondlicht?
Ein Recht auf die Höhlentiefe im felsigen Rebhang,
wo die Steine so vielfarbig glänzen, rostrot,
veilchenblau, schwefel?
Ein Recht auf das Bienengedröhn in den Wipfeln der
Tannen alle paar Jahre nur, wenn die Tanne honigt,
Ein Recht auf die Sonnenuntergänge, die gewaltigen,
schmerzlichen Schauspiele auf der Bühne des Stromtals –

Oder ein Recht auf den Modergeruch der alten Treppe
im Hause,
Auf das Gefühl in den Fingern, die das Geländer
umgreifen,
Auf den Mosthauch, den Apfelatem im Keller,
Auf den schrägen, zitternden Staubstrahl im
Speichergebälk?

Wuchs uns nicht alles dies zu, als wir noch Träumende
waren,
Machtlose? Bedenket doch, Freunde,
Wie immer das Schönste uns aufblühte jenseits der
Festungsmauern, die die Verteidigung gürtet,
Auch in der Liebe.

Nicht zu den Vertriebenen allein rede ich, zu den
Ausgestoßenen.
Es kommt ja ein Tag, da die Wunden alle vernarbt
sind,
Da sie nichts anders mehr sind als ein Mal, eine
Zeichnung,
Gleich einem Ruder vielleicht, einem Pfeil, einem
Bäumchen.
Und die Kinder staunen und fragen: was hast du da,
Vater?
Und hören ein Wort und fragen: was heißt das –
Flüchtling? ...

Aber auch dann noch wird Heimat verlassen werden,
Wird Kindschaft vergessen werden, Bruderschaft,
Liebschaft.
Und es sind doch so stark die Getreuen,

Die sich aufmachen nachts und gehen den weiten Weg
zurück.
Durch die Wände gehen sie hin, durch die Steinwände.
Durch die Wälder gehen sie hin, durch das dichteste
Dickicht.

Durch die Flüsse gehen sie hin, die regengeschwellten,
trockenen Fußes.
Durch die Berge gehen sie, spalten die Berge lautlos.
Immer den gradesten Weg,
Pfeilschnell,
Zugvogelsicher.

Ihr Seezeichen, ihr Leuchtzeichen ist die Herbstfackel
der riesigen Linden.
Ihr stürzen sie zu, überflügeln die Häuser des Dorfes
Und die trägen Gespanne
Und die saumselige Gartenmauer,
Halten dann inne:
Dort, wo alles ihnen wohltut, eine Weide ist, eine
Augenweide, eine Labsal.
Wo jeder an seinem Platze ist und tut das Seine, ein Segen.

Wo Brot gebacken wird, gutes Brot für viele.
Wo Wein getrottet wird, kräftiger Wein für viele.
Wo alle Geräusche gut sind, keines mißtönend,
Auch das Brüllen der Fräse nicht, die sich hart in die Erde
einwühlt,
Auch das Heulen der Säge nicht, die ihre Zähne ins Holz
schlägt,
Nicht der Unkenruf und der Kauzruf ...
Wo alle Gerüche gut sind, nicht nur der vom Holzfeuer
und den bitteren Nüssen,
Auch der Tiergeruch faulender Pilze im Regenwald,
Auch der scharfe der Jauche in der Rinne im Kuhstall,
Auch der Blutdunst geschlachteter Tiere,

Wo alles gut ist,
Leben und Tod.

Sieh ihn doch an, den Listigen, Zugvogelsicheren.
Wie er sich auffrischt zur Nacht und getröstet
zurückkehrt,
Gerundet, gestärkt.

Und es blüht ihm doch nicht allein dieser, der Ort des
Ursprungs, wo er ein Kind gewesen.
Denk doch, wo immer Du liebtest,
An alle die Häuser denke, die Straßen, die Täler,
Wo jemals Du außer Dir warest. Im Winde, im
Rohrdommelrufe,
Im Tanghauch, im Macchiagesumm, in den Funken
des Feuers,
Weil Du liebtest.

Wo Du heimkehren kannst und findest noch alles
wie ehmals
Und an den Pfosten der Türe das rettende Zeichen
Und den Würgeengel vorübergegangen
Und den Feuerreiter vorbeigeritten
Und das Beben der Erde gestillt.

O wenn wir lebten alle Tage, wie Kinder leben,
Wie Brüder leben und Liebende (außer uns),
Es wäre kein Ort auf der Welt, der nicht uns Heimat
wäre,
Und es hobe uns niemand

Auf von der Erde und macht uns zu zappelnden Schatten,
Und nicht zur Nachtzeit schlichen wir heimlich
wie Diebe
Und suchten die einzigen Orte, wo alles gut war,
Gierig im Traume.

Mutterschoß wäre überall,
Bruderhand wäre überall,
Liebesmund –

Und es rauschen Dir wieder die Flötenrohre
der Brunnen,
Und das grünweiße Wasser rieselt Dir über die Pulse,
Und es schlägt Dir das Herz im Sensendengeln,
im Heugras,
Und es steht überm Schneefeld in goldenen Waffen
Orion,
Und es duftet nach Brot und nach Wein –
Aber wann denn, wann denn?
Morgen, – wenn Du zu lieben gelernt.

Maß der Liebe

Wie Du mir nötig bist? Wie Trank und Speise
Dem Hungernden, dem Frierenden das Kleid,
Wie Schlaf dem Müden, Glanz der Meeresreise
Dem Eingeschloßnen, der nach Freiheit schreit.

So lieb ich Dich. Wie dieser Erde Gaben
Salz, Brot und Wein und Licht und Windeswehen,
Die, ob wir sie auch bitter nötig haben,
Sich doch nicht allezeit von selbst verstehen.

Und tiefer noch. Denn auch die ungewissen
Und fernen Mächte, die man Gott genannt,
Sie drangen mir zu Herzen mit den Küssen,

Den Worten Deines Mundes und die Blüte
Irdischer Liebe nahm ich mir zum Pfand
Für eine Welt des Geistes und der Güte.

Spiel der Wünsche

Uns haben Gärten gehört,
Die wir gesehen,
Wir haben Häuser gebaut im Vorübergehen.
Wie von Schiffes Bug
Haben wir geschaut
Auf der Flüsse Lauf,
Auf der Berge Zug,
Haben eignes Land
Wie im Traum erkannt.
  Uns gehört kein Baum,
  Uns gehört kein Stein,
  Sag mir, daß du liebst
  Frei zu sein ...
Wir wollten wohnen
Zwischen Wein und Zitronen,
Es stand
Unser Haus im Wiesenland
Im lichten Schatten unter Apfelzweigen,
Uns gefiel
Der Gedanken Spiel,
Nichts ist uns zu eigen.
  Ist die Zeit
  Dir zu lang?
  Unser Spiel
  Wird nicht Wirklichkeit.
  Ist es dir schon leid?
Was du nicht vermißt,

Vermiß ich nicht,
Wenn du nicht müde bist,
Ermüd ich nicht, –
Wie von Schiffes Bug
Will ich wieder sehen
Auf der Berge Zug,
Gerne weitergehen.
  Uns gehört kein Baum,
  Uns gehört kein Stein.
  Sag, daß dir nur gilt,
  Mir vereint zu sein.

Einst

Noch sind der Berge viele und der Wälder,
Unzählige, die uns vom Meere trennen,
Der Ernten viele sind noch einzubringen,
Der Beeren Fülle reifet noch am Strauch.

Doch kommt ein Tag, da wird das lang Begehrte
Ein Staub und Spuk und will verlassen werden,
An allen Gärten ziehen wir vorüber
Und heischen nichts mehr als den Wandergruß.

Dann nimmt das Meer uns auf und glänzt und funkelt
So schön wie je am Morgen aller Tage
Und trägt uns hin auf seinen bittern Fluten
Zur langen Fahrt, zur Nimmerwiederkehr.

Die Lieder singen schöner uns die Wellen,
Die lang gesuchten Worte wehn im Winde,
Und eine Welt der Sterne glänzt allnächtlich
Und rührt sich leise, wenn der Mastbaum schwankt.

Wasser, ihr schönen …

Wasser, ihr schönen der Erde, ihr singet und rauschet,
Ach, nicht umsonst an mein Ohr, und du, schimmernde
Woge,
Süße der Liebe, umspülest mein Herz nicht vergebens.
Nimmermehr könnt ich vergessen, wenn jähe die Nacht
auch
Nahte auf Flügeln des Zornes, was einst ich erfahren,
Da noch die Ähren sich neigten im glühenden Wind.

Aber ein jeder vermehre den Schatz und behüte
Immer der Liebe Geschenk; denn es hungert den
Menschen
Nicht nach dem Brote allein, und des schützenden
Daches
Obhut beschirmet ihn nicht in den Tagen der
Feindschaft,
Wenn mit den ruhigen Sternen sich über den Waldsaum
Funkelnd und rötlich das Auge der Nachtwelt erhebt.

Vineta

Mir träumte einst, wir ruhten so
Vereinigt, Mund an Mund
Und eine Woge, Woge kam
Und zog uns auf den Grund.

Medusen glitten uns durchs Haar
Der roten Fische Brut
Und Mondenschein und Sternenschein
Fiel durch die klare Flut.

Und Nacht und Tag und Tag und Nacht
Die Jahre schwanden hin.
Und wieder sahen wir im Blau
Die Meeresschlange ziehn.

Da glitt hoch über unserm Haupt
Ein Nachen sanft im Licht
Es beugte über seinen Rand
Das Kind sein Angesicht.

Es lächelte, als rühre fern
Ein Glockenton es an.
Es suchte die versunkne Stadt
Wie wir es einst getan.

Die Vigna

Es klirrt das Tor. Tritt ein. Auf engen Pfaden
Gibt Rebenlaub Dir flüsternd das Geleit.
Sind wir denn nicht wie einst zu Gast geladen
Nach langer Wandrung auf besonnten Graden
Zur Mittagszeit?

Im Laubenschatten steht das Mahl bereitet
Zerstückte Hühner, fett im Saft, und Wein,
Und Früchte sind und Brote ausgebreitet.
Ist keiner denn, der rascher uns geleitet
Zum Eichenhain?

Dringt nicht ein Ton durchs dichte Rebgehänge
Vom Chor der Stimmen, der sich einst erhob
Und wandert nicht hinauf, hinab die Gänge
Der Hall der trunken zitternden Gesänge,
Der Sonne Lob?

Wo seid Ihr alle, die uns einst empfangen
Am Feiertag, gehabter Mühsal froh,
Heißt es denn Übermäßiges verlangen
Den Tag des Lebens wieder zu umfangen,
Der uns entfloh?

Zum Herzen steigt die tiefe Traumbeschwerde
Die schwere Hand ertastet nicht das Ziel.
O stiller Überfluß der reichen Erde,
Es war so wenig, das uns Glück gewährte
Und war so viel.

Bourdzi

Es kam die Nacht, entsinne Dich
Wie Dämmerung das Land beschlich
Es dunkelte das goldne Vließ
Der quellenreichen Argolis.

Erinnre Dich, es war die Zeit
Da sich des Mondes Licht erneut
Und liebend senkten sich zum Meer
Schon Abendstern und Jupiter.

Gedenke wie der helle Strand
Der Lärm des Hafens uns entschwand
Und Ruderschlag um Ruderschlag
Die dunkle Insel näher lag.

Dort war's, daß mir die Furcht entwich
Die alte Furcht um Dich und mich
Und was den Liebenden geschieht
Wenn aller Tage Licht entflieht.

Denn während wir, den Seelen gleich
Die überfahrn ins Totenreich
Vom steilen Ufer nicht mehr weit
Hintrieben durch die Dunkelheit

Sah ich in Glanz und Wogenschlag
Erscheinen schon den neuen Tag
Und Dich und mich am Wellensaum
Umsprüht von Gischt und selbst ein Schaum

Vom Licht bestrahlt und selber Glut
Vom Meer umrauscht und selber Flut
Vom Fels getragen, selbst versteint
Im ewgen Tag wie je vereint.

Am Strande

Heute sah ich wieder dich am Strand
Schaum der Wellen dir zu Füßen trieb
Mit dem Finger grubst du in den Sand
Zeichen ein, von denen keines blieb.

Ganz versunken warst du in dein Spiel
Mit der ewigen Vergänglichkeit
Welle kam und Stern und Kreis zerfiel
Welle ging und du warst neu bereit.

Lachend hast du dich zu mir gewandt
Ahntest nicht den Schmerz, den ich erfuhr
Denn die schönste Welle zog zum Strand
Und sie löschte deiner Füße Spur.

Selinunt

Was sie vom Krieg erzählen, von den tausend
Zerstörten Städten, überrascht mich nicht.
Gott hat die sechzig Säulen des Tempels C
Auf einmal umgeworfen. Er hat dazu
Keine Bomben und keine schweren Geschütze
gebraucht
Nur einen einzigen tieferen Atemzug.

Fremde kommen, wenn die Mandelwälder
Blühen, viele über den Hügel.
Die Sonne blitzt in ihren Windschutzscheiben.
Nicht nach Schafwolle riechen sie, nicht nach Erde
Ihre Kleider fühlen sich an wie gesponnenes Glas.
Keiner weiß, wie das ist, wenn der Abend kommt
Wenn die letzten Scheinwerfer hinter den Bergen
verschwinden
Wie dann die einsamen Hunde bellen landüber
Wie unter den Sternen die Grillen schreien.

Mein kleiner Bruder hüpft im hölzernen Ställchen.
Die roten Lilien auf der Wachstuchdecke
Tanzen im Schimmer der Petroleumlampe.
Mein Vater sucht den schwangeren Schoß
Meiner gelben, verwelkten Mutter.
An die verbrannte Küste schlägt das Meer.

Wenn mein Bräutigam ruft, der Lammträger, zittere ich.
Wasser gehen wir holen vom Brunnen der Totengöttin
Er preßt seinen Mund auf meinen Mund.
Niemals werd ich die gläsernen Nachtstädte sehen
Sagt die Tochter des Wächters von Selinunt.

Obertöne

Die Rechte weiß nicht
Was die Linke tut
Der Tag nichts von der Nacht.
Aber der Zorn
Der mir das Auge verdunkelt
Schlägt alles mit an
Auch die zartesten Glöckchen
Auch die vergessensten
Töne der Liebe.

Bräutigam Froschkönig

Wie häßlich ist
Dein Bräutigam
Jungfrau Leben

Eine Rüsselmaske sein Antlitz
Eine Patronentasche sein Gürtel
Ein Flammenwerfer
Seine Hand

Dein Bräutigam Froschkönig
Fährt mit Dir
(Ein Rad fliegt hierhin, eins dorthin)
Über die Häuser der Toten

Zwischen zwei
Weltuntergängen
Preßt er sich
In Deinen Schoß

Im Dunkeln nur
Ertastest Du
Sein feuchtes Haar

Im Morgengrauen
Nur im
Morgengrauen
Nur im

Erblickst Du seine
Traurigen
Schönen
Augen.

Erwartung

Am Abend wenn die
Kinder unter Palmen
Frage und Antwort singen und
Das Glöckchen läutet

Noch nicht Zeit
Entgegenzugehen
Den kleinen Stadtschritt
Entgegen dem Zug
Der durch Fiebersümpfe
Im roten Schräglicht
Nicht Zeit

Für das Herzklopfen unter
Der Lautsprecherstimme
Für die raschen stoßweisen
Worte des Willkomms.

Nur diese
Langsam heran
Wachsende Gegenwart
Diese sich unaufhaltsam
Ausbreitende Landschaft Liebe
Felder voll Schwertgras und Rose
Lebendiges Wasser
Wind.

Genazzano

Genazzano am Abend
Winterlich
Gläsernes Klappern
Der Eselshufe
Steilauf die Bergstadt.
Hier stand ich am Brunnen
Hier wusch ich mein Brauthemd
Hier wusch ich mein Totenhemd.
Mein Gesicht lag weiß
Im schwarzen Wasser
Im wehenden Laub der Platanen.
Meine Hände waren
Zwei Klumpen Eis
Fünf Zapfen an jeder
Die klirrten.

Castellezlandschaft

I

Sommer entlassen entlohnt
Unter dem sinkenden Mond
Verschrieen von hungrigen Raben
Von leeren Honigwaben
Eicheln und Nüssen taub
Seele verdorben versteint
Mehr kein Ding mehr kein Ruf der Dich meint
Nur im Zimmer der rinnende Mohn
Nur im Augarten leisere schon
Spiele der Sängerknaben
Reigen, die schweigen begraben
Unter dem fallenden Laub.

II

Verstellt mein Haus
Zum Steppenrand
Unter die Herrschaft der Winde.
Die knien das Herdfeuer aus
Die scheren das Rosenlaub
Die pfeifen wie Murmeltiere
Laß wehen, laß liegen den Staub
Bald schimmelt im Kasten der Brotlaib
Bald schweigt in der Lade die Uhr
Bald fallen die Briefe
Umsonst durch den Spalt

Nisten im Staube wie Tauben
Weiß auf dem finsteren Flur.

III

O dieser Geisterzwang
Nach vielen Tränen
Aufzustehen der Mond scheint
Nichts mehr in Dir ist unverweint
Aber mitten im Zimmer
Hebst Du die Arme drehst Dich
Ziehst lächelnd Schritt um Schritt
Den rauhen Schattenwalzer
Zu gar keiner Musik.

IV

Auf der Treppe Fallstricke gespannt
An den Fenstern Spione gerichtet
Geraun unaufhörlich von Tür zu Tür.
In der Parterrewohnung spielt
Der entlassene Sträfling Klavier
Kinderstücke weil er nichts Besseres kann.
Eines Tages ist er es leid
Und geht in die Falle.
Wer fürchtet sich vorm schwarzen Mann?
Alle.

V

Täglich rücken die Bäume des Augartens näher.
Haben schon lange heimlich das Haus durchwachsen
Schon sitzt mir am Bettfuß das Käuzchen
Die Schlange raschelt am Herd.

Die Hügelwelle, die alte Wanderdüne
Zieht mir schwer auf die Brust mit ihren Wäldern
und Türmen.

Wenn sie vorüber
Und dieses alles
Wer weiß ob ich atme.

VI

Was schreckt Dich der graue Flakturm
Mit seinem giftigen Schatten
Und hinter den Fensterschlitzen
Die verwüsteten Kasematten.

Kann sein Du legtest Dein Auge
Ans leere Geschützrohr und fern
Im Kranz von Wolkentrauben
Hinflöge der Venusstern.

Stadtrundfahrt

I

Vergessen kann ich nicht
Die goldenen Augen
Drei, die da schwebten
Den Bahndamm entlang
Übers Lupinenfeld
Über den Schafweidenhang
Immer mir zur Seite
Sanft bis zum Morgengrauen
Und erloschen im rauhen
Unerbittlichen Tag.

II

Eingekleidet in der Kammer.
Rock des Verlorenen
Hemd des Verlassenen
Schuhe des Heimatlosen.
Zu grüßen ist auf der Straße
Das Niemandsgesicht.
Haltung ist anzunehmen
Vor der Säule des Hochstrahlbrunnens
Und die Waffe zu präsentieren
Im Park vor der Sonnenuhr
Mit dem leise wandernden Schatten.

III

Ich Treibholz aus dem Lande Unbekannt
Geflößt von den schnellen
Lehmbraunen Hochwasserwellen
Mit meinen Astlochaugen blick ich auf
Zu den Bergen und Wäldern der Krone
Auf den Schanzen
Seh ich die wilden Herbstblätter tanzen
Mit meinen Zweigarmen halt ich fest
Die Compostellamuschel und das Mäusenest
So treib ich im gelben Regen
Ein algenzerfressenes Spuk
Und weiter den Türken entgegen
Gib mir den Reisesegen
Heiliger Nepomuk.

IV

Mein Bruder ist nicht mehr mein Bruder.
Ich hab nur den einen
Der an der Mondleiter sitzt
Und wartet aufs Morgenrot
Und die klirrenden Schritte am Gang.
Und Schwester hab ich nur eine:
Die Sonne, die abwärts muß
Über den Alpenrand
Und reißt noch einmal
Das feurige Gewölk
Zum Kranz ums Haupt sich
Und muß hinab.

V

Mit welcher Inbrunst geht
Den Leidenden und hold
Das Unversehrte an.
Jetzt am Giebel der steinerne Flor
Jetzt die Eisenblüte im Tor
Jetzt mit gebreiteten Flügeln
Der rosige Pelikan
Bei den versunkenen Teichen.
Alles ohnegleichen
Wenn er rollt
Rollt durch die Stadt
Geflochten aufs Rad.

VI

In der Welt springen die seidenen Tänzer verneigen sich
In der Welt laden die Freunde den Freund zur Tafel.
Wie war ich daheim in der Welt.
Jetzt noch, wenn der Herold meinen Namen ruft
Springen die Türen auf.
Aber die seidenen Tänzer sehe ich nicht
Die Wände spiegeln mir mein Gesicht
Das wüstenblasse und das verwilderte Kleid.
Unter dem gläsernen Wasser
Flutet die Algenzeit.

VII

Wovon wir leben, nicht vom Brot allein.
Auch vom Fluchtsprung der Rehe
Am Abend im Wienerwald

Leicht übers Unterholz
Und schön gestreckt.
Was wird da aufgeweckt?
Welcher alte Stolz?
Oder wenn der Wind an den Wipfeln reißt
Aufblitzende Silberhaut
Wie Schwalbenflügel die Wolken streift
Wenn der alte Strom nach den Ufern greift
Und erwürgt den blühenden Wein
Mit dem tiefen gurgelnden Liebeslaut –
Woran wir sterben
Nicht am Tod allein.

VIII

Zu hassen wäre
Die Erde, die sich bäumte
Und Dich hinstürzen ließ.
Die Bäume, die Dich demütigten
Da sie unfest wurden
Die Glocken, die Dich zutod erschreckten.
Aber ich bin ein schlechter Hasser
Und sehr allein.
Schon buhle ich mit der Erde der Gärten
Mit dem Glockenspiel von Sankt Peter
Mit den Pappeln am Donauufer: Richtet ihn auf!
Wenn wir sie wiedersehen, die Stadt
Wird ein Gespräch sein wie zwischen Verschworenen
Unverständlich für Dich, für alle.
Du da Erde
Ihr da Glocken

Ihr da vor allem
Pappeln am Donaukanal.

IX

Eingestiegen wird kein Halten sein
Kein Aufatmen, wann es Dir paßt.
Mit der Stirne rennst Du die eisernen Türen ein
Karlskirche. Fischer von Erlach
Nach Deiner Schulter faßt
Das grüne Gerippe
Schatzkammer. Funkelnder Schrein
Am Söller der steinerne Gast
Setzt sich zu Dir in den Wagen
Burghof Lippizaner Levade
Des Erhängten Glieder schlagen
Um Dein Gesicht
Barockmusik bei Kerzenlicht
Zu Deinen Füßen im fauligen Bett
Des Ertrunkenen Haupt
Schlägt die Augen auf
Gloriette

X

Lang ist die Zeit, da wir uns keinen Vers machen können
Da die geheimnisvolle Entsprechung mißlingt.
(Singt doch, sagen sie, singt.)
Doch erst, wenn die Netze zum Grunde des Meeres gesunken
Kommen die Fische, spielen um unser Boot,
Erst wenn von unseren Tauben, den beringten

Keine mehr heimkehrt, kommt die große fremde Graue, den Ölzweig im Schnabel.

Tageszeiten

I

Wenn der Morgen kommt
Wenn auf fernen Spitzen der Berge
Rosiges Licht erscheint der Flamingolagune
Röchelt noch in den Röhren
Das Vergangne Versäumte
Rollt noch dein Bett
Schlafheiß ewigkeitsschlaff
Dämmernd von Küste zu Küste.

Dein Zimmer tritt aus dem Schatten
Feindselig, wartet auf
Mit Erinnrung Entbehrung.
Draußen im zornigen Dröhnen
Aufgejagter Motoren
Bei schmetternden Abfalltonnen
Versucht noch ein Vogel
Die rührende Koloratur.

Aus dem Schatten trittst du dir selbst
Ein verlorenes Ich
Umstellt von Dämonen und Feen
Wie einst, wie alle.
Mit Kreuzbalken hinter den Armen
Geheimen Wundmalen wie alle.
Gebacken aus Staub und aus Schmerz
Immer noch immer wieder
Rätselhaft mutig.

II *Für Karl Reinhardt*

Wenn der Abend kommt
Wenn der Schatten des Berges
In den wir gebettet werden
Den Strand überfällt
Erscheinen am Felsenvorsprung
Die schwarzen Barken
Voll regungslos stehender Männer
Und biegen landeinwärts.
Leise ticken die Uhren Vergänglichkeit.

Wenn der Abend kommt
Wird am Strande der Thunfisch geschlachtet
Die Händler wiegen und schreien
Zu den Bergen herüber.
Im Sande vertrocknen die schillernden Eingeweide
Die Uferwelle ist rot von Blut.

Sieben herrische Töne
Singt die Harfe des Himmels
Jeder von tieferem Blau
Und einmal ums andre
Wirft sie uns Sterne herab
Die bewegen sich zitternd
Zur Rechten zur Linken
Weichen den Rudern aus
Glänzen wie Irrlicht
Bezeichnen geheimnisvoll
Orte der ewigen Liebe.

Requiem

I

Mit dem Tod muß ich umgehn
Dem schwarzen Hengst,
Der sprengt mit der Schulter
Die sicheren Wände,
Der zerstampft mit dem Huf
Die geglätteten Dielen.
Sein Drahthaar zerriß meinen Vorhang,
Sein Eisatem blies mir die Scheiben blind,
Meine Gebete durchschoß er mit Verwünschung,
Aus meiner Sanftmut schlug er roten Zorn.
Nachts drehte er sich kreischend auf dem Dache,
Ließ durch die Sparren mich dein Zimmer sehen,
Deinen Tisch nicht darinnen
Deine Bettstatt verschwunden
Um deine Bücher Spinnenkränze
Auf dem Teppich Schnee.

Da er dich entrückte flußüber,
Was wußte die Brücke,
Was wußte der Strom?
Und da er dich bettete drüben im Sommergarten
Was wußten die Pappeln, der Mond?
Die Wände strahlten Kobalt,
Auf den feuchten
Kieswegen gingen tapfere Sterbende
Und winkten Abstand. Junge Hasen jagten

Vom Rosenbeet zum goldgefleckten Rasen.
Was wußten die Rosen,
Was wußtest du?
Fliehen wir doch, bat ich,
Zurück in die Arme der Linden.
Fliehen wir doch, bat ich,
Zurück an die Efeuwand.
Die Bienentrommel dröhnt,
Die Äpfel springen
Der Brunnen Lebenswasser
Sprüht und tönt
Ist alles bereit
Für Gutmann und Gutweib.

Und ich zerrte an deinen Fingern,
Und ich rüttelte deine Schulter,
Aber du rührtest dich nicht.
Du schliefst. Du schliefst,
Ein Mann allein im Boot –
Dein Fischerlicht
Auf grünem Nachtwasser entfernte sich lautlos.
Einer stand hinter mir,
Preßte mir seine
Unmenschliche Hand auf die Lippen,
Stampfte den Felsgrund
Und die erschütterte Erde,
Murmelte: Schweig.
Laß ihn ziehen.

Und während du schliefst,
Bauten sie drüben das Haus,
Ihre Flüche riefen sie,
Ihre Späße herunter vom Dachfirst.
Der Preßluftbohrer stieß mein Eingeweide,
Die Kiesel sprangen in der Schüttelreibe,
Du hörtest nichts. Es stieg ein Haus aus Luft
Und Lächeln dir vom Munde mir zur Bleibe.

Die Züge auf dem Bahndamm
Führten ihre Waldschneisen mit,
Ihre unbegangenen Wege.
Den Salzhauch ihrer Meere warfen sie
Dir durchs Gebüsch.
Ihre Städte Genua und Amsterdam
Beugten sich aus den Fenstern
Mit funkelnden Mauerkronen,
Und ich winkte und schrie
Hinauf zu den rollenden Wagen
Wartet nicht,
Wir haben Wurzeln in den Tod geschlagen,
Wartet nicht.

Kein Nesselhemd bekamst du übergestreift,
Kein Becher ward dir randvoll von den Lippen gezogen,
Du mußtest nicht hungern, nicht auf Dornen liegen.
Nur sterben.

Ein roter Korallenbaum
Erklärten sie mir

Durchwüchse dein Haupt,
Ersticke deine Gedanken.
Indes die Wolken zogen königlich
Dir übers Bett.
Die ersten goldenen Pfennigblätter sanken
Liebkosend auf des Schläfers Angesicht.
Und hinter dem furchtbaren Ernst
Deiner sich trübenden Augen
Sah ich noch immer die Liebe,
Das Bräutigamslicht.

Bis überm Bahndamm die gefleckten Hunde
Aufheulten wie ein Wurf verdammter Seelen
Zurückgetrieben in die Unterwelt
Bis in dein Sterbezimmer Sommergarten
Mit überblühten Rosen auf den Tischen
Einfiel die Schiffssirene Nebelhorn
Vom nahen Fluß am gläsern klaren Abend
Und zog den Dunststreif ins Septembergras.

Mit Asche bedeckten sie da
Das Feuer deines Herzens,
Zusehen mußte ich, wie es erlosch
Funke um Funke.

II

Streck ich meine Hände aus im Schlaf,
Rühr ich ein Ding aus Bein, das Erde wird,
Heimlocke ich wie meine wilde Taube
Den Fetzen Wolke, den das Licht verzehrt,

Sag ich dir Dank verspätet ungeschickt
Hör ich das Rinnsal unterm Wurzelgrund
Wen will ich küssen
Einen Maskenmund –

Hinhocken noch und sammeln dir ins Grab
Zwei Kiefernnadeln, drei Tropfen Honig,
Zwei Handvoll Brandungsschaum,
Einen Kuß, von den Lippen genommen,
Eine Muschel voll Brackwasser,
Eine rotfigurige Scherbe,
Drei Worte Abschied Bahnhof Termini,
Eine Kornähre Samland, eine Weinbeere Kaiserstuhl,
Eine Mütze Fahrtwind. Wie kurz, wie kurz,
Wie kurz ist des Menschen Leben.

Und Trost ist nicht, da du mein Trost gewesen
Und Rat ist nicht, da du mein Rat gewesen
Und Schutz ist nicht, da du mein Schutz gewesen
Und Liebe nicht, da ich um deinetwillen
Die Welt geliebt.

Nur Klage um den Baum, der nicht mehr altert,
Der seine Blätter nicht mehr fallen läßt,
Und steht im Schwarzherbst
Und steht im Schneefeld
Und steht im Märzregen noch
Und seine Blätter sind Metall geworden
Und klirren geisterhaft im Frühlingswind.
Und Wunsch, vergeblicher, daß von dir wiche

Die Majestät der düsteren Vollendung.
Daß deine zugedrückten Lider sprängen
Und Hand von Hand gefaltete sich löste
Daß du mir innewohntest wieder, du
Ein Glücklicher.
Daß deine Stimme, die mich lang verließ,
Zurück mir kehrte.
Niemand hat dein Lachen
Auf eine schwarze Platte eingeritzt
Die ich mir spielen könnte mitternachts
Mit einer feinen Nadel Diamant.

Nur dein Schatten mein Schatten
Sitzen beisammen
Trinken Rezina
Bei den Sieben Brüdern
Am Fuße der Burg.
Nur dein Schatten mein Schatten
Fahren am Abend
Über das finstere
Tigergestreifte
Marmarameer.
Deine Augen meine Augen
Stehen offen für immer
Schauen und schauen
Gnade uns Gott.

III

Dies aber ist dein anderes Begräbnis
Schritte der Fischerknaben
Leichte auf Sohlen von Bast
Geleiten treppab dich
Deine Sonne zerspringt auf dem Wasser
Der Brautpuppen schönste
Aus dem Fenster von Capodimonte
Gibt dir die Hand
Die jungen Stare sind deine letzten Begleiter
Auf deinem Leibe tanzt das Volk von Rom.

Einst werd ich aufstehen
Wie alle Geschlagenen
Und das blanke Wasser
Rinnen lassen vom Hahn.
Mein Haar werd ich kämmen
Und die Fensterflügel aufstoßen.
Du springst mir auf die Hände mit dem Wasser
Du reißt mir das Haar mit den weißen Zähnen des Kammes
Du wirfst dich heißer Wind an meine Brust.

Dir zum Gedächtnis dann
Mein wiegendes Sommergras
Dir zum Dank
Meine blutende Rose
Dir zur Ehre
Mein fliegendes Abendrot

Dir zuliebe
Meine Tränen.

Denn es gab eine Zeit
Da ich dich nicht kannte
Es gibt eine Zeit,
Da du nicht mehr bei mir bist
Diese sind nicht zu verwechseln.
Ob ich gleich hingehe wieder
Ein Schüler mit wehendem Haar
Bei der Heimkehr am Abend
Von keinem begrüßt:
Die Speise Sakrament
Ist nicht verzehrt.
Nie mehr werde ich diesen Hunger leiden
Auch nicht wenn ich sterbe
Sein ohne dich.

Ich wünschte zu sagen
Daß dein Wesen Gerechtigkeit war
Deine Bewegung Anmut
Dein Auge Feuer.
Ich wünschte zu sagen
Daß du die sterbenden Landhäuser liebtest
Und die verblichenen Königsmäntel
Und wie große Achtung du hattest
Vor den Armen.
Ich wünschte zu sagen
Daß du deine Gedanken verfolgtest mit Leidenschaft
Wie den Hirsch der Jäger. Auch

Daß sie dir viele Wunden beibrachten
Tödliche endlich.
Ich wünschte zu sagen
Daß du jedem die Würde zurückgabst
Die jedermann hatte
Und ihn hochhieltest in der Ehre
Die jedermann zukommt.
Aber schweigen möchte ich über das
Was nur uns beide anging.
Über die Namen, die wir uns gaben
Täglich neue
Und wie wir beieinander ruhten ohne Furcht.

Denn du hast mich gebettet
Im Schoße Geheimnis
Zwischen Wände die sich auftun
Unter Sterne die schwanken
Im Nichtsmehrwichtig
Im Ohnedauer
Im Baldbeidir.

IV (Abgesang)
Fährfrau mit dem runden Hut
Hast du ihn gesehen?
Ja, sagt die Fährfrau.

Hirte mit dem toten Lamm
Hast du ihn gesehen?
Ja, sagte der Hirte.

Bergmann mit dem weißen Licht
Hast du ihn gesehen?
Ja, sagt der Bergmann.

Welchen Weges ging er, Fährfrau?
Übers Wasser trocknen Fußes.

Welchen Weges ging er, Hirte?
Berghinüber leichten Atems.

Welchen Weges ging er, Bergmann?
In der Erde lag er still.

Was stand auf seinem Gesicht geschrieben?
Frieden, sagten alle. Frieden.

Einer von zweien

In meinem Gedächtnis wohnst du
Mein Leib ist dein Haus
Mir aus den Augen siehst du den Frühling
Noch immer die rote Kastanie.

Auf dem Fluß jedes Tages
Kommst du geschwommen
Steigst mit jeder Sonne
Mir über den Hügel.
Hände hab ich
Zehn Finger und flinke Füße
Näher kommst du
Ich fasse dich nicht.

Ihr sollt in mir sehen
Einen von zweien
Und hinter meinen Worten
Unruhig horchen
Auf die andere Stimme.

Ihr sollt sehen wie meine Wunde
Zu glühen beginnt
Wenn die Welle kommt
Der Muschelgeruch der Häfen
Wenn im Buchenwald unsichtbar
Maisingen die Vögel.

Dein Schweigen

Du entfernst dich so schnell
Längst vorüber den Säulen des Herakles
Auf dem Rücken von niemals
Geloteten Meeren
Unter Bahnen von niemals
Berechneten Sternen
Treibst du
Mit offenen Augen.

Dein Schweigen
Meine Stimme
Dein Ruhen
Mein Gehen
Dein Allesvorüber
Mein Immernochda.

Wo

Wo. Bei den winzigen Schneckenhäusern
Im knöchernen Distelgezweig
Der sizilischen Hügel
Oder im Dunststreif
Künstlich fontänengleich
In den Äther geführt
Von der rasenden Staffel.
Im Hochmoor
Im wächsernen Wollblumenhaupt
An dem ich vorübergehe
Weinend nichtsahnend.
Im Lichtfleck
Der hinstreift nachts
An der Wand meines Zimmers.
Im Libellenflügel der surrt
In der Glocke die hämmert.
Du
Überall Nirgends.

Schrecklicher noch

Deine Ferne ist ungeheuer
(Wir hörten so
Von Sternennebeln die fliehen)
Aber schrecklicher deine Nähe
Deine heimliche Gegenwart
Deine Schritte
Dein Atem
Deine geflüsterten Worte
Dein Schrei um Hilfe.

Breit ist die Ebene

Breit ist die Ebene
Zwischen Bergwand und Meer
Wo ich sitze um deinen Katafalk
Aufgeteilt in vier Klagfrauen
Rufe
Warum bist du gegangen
Rufe
Warum kommst du nicht wieder
Rufe
Dein Garten verwildert
Rufe
Dein Feld verdorrt.
Während der Adler
Wind unter den Flügeln
Schwarzen sich aufmacht
Am Felsen drüben
Eines andern
Gefesselten Mannes
Herz zu zerhacken.

Du sollst nicht

Du sollst mir nicht zusehen wenn
Meine Fratzen den Spiegel zerschneiden
Wenn ich mich umdrehe nachts
Fensterwärts wandwärts
Und die Leintücher seufzen.

Du sollst nicht sehen wie ich mich vorwärtstaste
Blind an der Kette meiner Niederlagen
(Auch an diese kann man sich halten)
Noch anwesend sein
Wenn ich meine pathetischen Verse lese.

Einmal bedurfte es nur eines Wortes von dir
Und die Laufschritte in meinem Rücken fielen ab.
Nur deiner Hand mir unter die Wange geschoben
Und ich schlief.

Schenke der Quelle

Trag ihn zurück
Den nicht mehr gebrauchten
Den Liebesmund
Und die Liebeshände
Die nicht mehr gebrauchten
Trag zurück.

Zurück in den Wald
Die ziellosen Flüsse
Die Augen die nicht mehr sehen
Was sie erfreute
Die Ohren in denen das Meer
Zum Schweigen kam.

Schenke der Quelle
Deine begierigen Augen
Deine freudigen Flüsse
Deinen zärtlichen Mund.

Alles nur Ausgeliehene
Trag zurück in den Wald
Wo er am tiefsten ist
Am verschwiegensten
Schwarz und grün
Voll rinnendem Wasser.

Vom Strand wo wir liegen

Vom Strand wo wir liegen
Silberne Häute ausgespannt
Stehen wir auf
In der mondlosen Nacht
Begehen das Feigental
Und die feurige Macchia
Lieben im Fleische
Reden mit Zungen
Tauschen das Augenlicht.
Ziehen auf aus der Erde
Hausmauern
Tisch und Bett
Reichen uns ernsthaft
Der eine dem andern
Der andre dem einen
Handüber herzüber
Bis zum Morgengrauen
Das rehrote Windei
Hoffnung.

Lebensbaum

Der Lindenbaum
Lebensbaum schreit
In der Blätterfallnacht
Sein grelles Kiwitt
Sein Kindweintimschlaf.

Dreht euch nicht um
Legt die Hände aufs Haar
Lehnt die Stirn
An die Bettlakenmauer.

Draußen der Plünderer Wind
Reißt die Goldparmänen ins Wildgras
Um Quitte und Dornengebüsch
Brandet ein salziger Tau.

Im Gezweige die Toten
Die kleingesichtigen
Cherubim
Kreuzen die Flügel voll Pfauenaugen
Hüpfen astaufwärts.

Blattraum Herzraum
Auch wir
Ehe wir schlafen
Bedecken die Landschaft mit Küssen.

Früchte des Winters

Meine Einsamkeit ist noch jung, ein Kind.
Weiß nicht wie man Schneehütten baut
Wie man sich birgt in der Höhle.
Die Inseln auf denen ich mich ansiedeln will
Verschwinden gurgelnd im Wasser.
Jeden Tag bebt die Erde
Jede Nacht
Kommen die Winde
Meine Widersacher
Zerreißen die Hecke
Aus Traumblume Mohn.

Zu Kundschaftern taugen
Die nicht mehr kennen
Worte der Liebe und
Worte des Willkomms.
Auf ihrem verlorenen Posten
Bleiben sie stehen
Rufen werda
Und reden mit Geistern.

Wenn der Tod sie anspringt
Frostklirrend
Aus schwarzem Gebüsch
Fallen sie ihm entgegen
Früchte des Winters
Umstäubt
Von diamantenem Schnee.

Der blaue Vorhang

für Werner Burger

Was ist aus den Bergen geworden
Und aus den schwellenden Flüssen
Seit meine Zunge verdorrt ist
Seit meine Hände die Erde
Durchpflügen nach deinen Augen
Seit meine Stimme immer nur das Eine
Flüstert und stammelt
Deinen Tod …

Die Berge sind eingesunken
Die Flüsse vertrocknet
Die Sonne die untergeht ist nicht mehr rot
Die Weide leuchtet nicht mehr zeisiggrün,
O wenn der Juni kommt mit grauen Rosen

Und doch auch diese uns
Überlebende Welt ist schön
Auch an den Wegen von denen
Unsere Spuren gelöscht sind
Erblüht der Weißdorn
Auch die Gespräche
Die von uns nichts mehr wissen
Sind voll von Liebe.

Aufrufen will ich das Versunkene
Und leben machen das Getötete

Daß sie aufleuchten noch einmal
Die Lichter der Autobahn
Die sich begegneten am Kirschbaumhügel
Als mir der Wind den Vorhang
Ins Zimmer wehte die meerblaue Fahne.

Erde

Erde der ich so oft
Mein stockendes Leben
Abgewann mit der doppelten Augenzahl
Mit der Herzkarte Liebe.

Die mich lockte die Stockfinsternis
Und der hellichte Tag
Und die Nachzüglerschwalbe
Fledermausleicht
Die Herbstzeitlose des Himmels.

Lebendiges Wasser
Forellenschnell
Grünschattig bachab
Und die Flamme Bergahorn
Vor dem erloschenen Gletscher.

Felsen von Salzwasser rauh
Muschelumblätterte
Besponnen von eisernen Moosen
Und der gierige Seevogelschrei
In der kieselreißenden Brandung.

Eh ich noch gehe
Alle verlaßt ihr mich
Faltet euch ein
Wie die Novemberrose

Papyrusgraue
Wer sagt daß er sterben muß?
Eh wir noch gehen
Stirbt uns die Erde
Stirbt uns das Wasser
Und längst ist die Schwalbe dahin.

Seeadler flieg auf

Stell dich um mich Maiglöckchenwald
Seeadler flieg auf
Mit der Schlange im Schnabel
Reiß an der Kette
Eiserner Fisch.
Mein Freund
Der Tote schon zwei Fliederblüten lang
Sitzt neben mir unter den Buchen.
Ich leih ihm meine Augen
Meine Hand
Die sich alle fünf Finger
Fest um ein Ding schließen kann.
Er durchdringt mich
Ein Wind der Frühe
Ein Fürchtedichnicht
Auf den alten versunkenen Fluren
Nikolaiken
Masuren.

Interview

Wenn er kommt, der Besucher,
Der Neugierige und dich fragt,
Dann bekenne ihm, daß du keine Briefmarken sammelst,
Keine farbigen Aufnahmen machst,
Keine Kakteen züchtest.
Daß du kein Haus hast,
Keinen Fernsehapparat,
Keine Zimmerlinde.
Daß du nicht weißt,
Warum du dich hinsetzt und schreibst,
Unwillig, weil es dir kein Vergnügen macht.
Daß du den Sinn deines Lebens immer noch nicht
Herausgefunden hast, obwohl du schon alt bist.
Daß du geliebt hast, aber unzureichend,
Daß du gekämpft hast, aber mit zaghaften Armen.
Daß du an vielen Orten zu Hause warst,
Aber ein Heimatrecht hast an keinem.
Daß du dich nach dem Tode sehnst und ihn fürchtest.
Daß du kein Beispiel geben kannst als dieses:
Immer noch offen.

Dreimal

Dreimal ging die Witwe übers Ödland,
Da war kein Frühling, kein Sommer, kein Herbst
noch Winter.
Mitten im Ödland saß ihr Mann, ihr Liebster,
Und das erste Mal kniete sie nieder, umfing
seinen Schoß,
Sagte, wir haben die Kürbisse eingelegt
Sauer und süß. Wir sammeln die ersten Nüsse.
Die Kinder schreiben das A und das O.
Leb wohl, und der Tote nickte.

Dreimal ging die Witwe übers Ödland.
Da war kein Tag, keine Nacht, kein Morgen
noch Abend.
Mitten im Ödland saß ihr Mann, ihr Liebster,
Und das zweitemal legte sie ihm ihre Hand auf die Brust,
Sagte, ein Schnee ist gefallen, die Fenster blühn,
Der Igel hält seinen Winterschlaf,
Die Kinder backen Monde und Sterne.
Leb wohl, und der Tote nickte.

Dreimal ging die Witwe übers Ödland,
Da war kein Wasser, kein Feuer, keine Luft noch Erde.
Mitten im Ödland saß ihr Mann, ihr Liebster,
Und das drittemal sah sie ihn an, berührte ihn nicht.
Sagte, wir haben die Beete abgedeckt,
Die Erde in unserem Garten ist schwarz und fett,

Die Kinder verbrennen den Winter.
Leb wohl, und der Tote nickte.

Gute Nacht

Am letzten Tag sitzt Mannundfrau zusammen
Am Tische und sagt, man darf nicht dergleichen tun,
So halten wir's auf. Man muß essen und trinken
wie immer
Und die Teller abwaschen und alles an seinen Ort.
Und wollten wir nicht, sagt Mannundfrau nach Tisch,
Die Geranien umpflanzen, sie haben zu wenig Erde.
Also pflanzt Mannundfrau die Geranien um
Und schafft noch dieses und jenes. Um achtzehn Uhr
Fängt es an, aus den Mündern zu fließen, eine alte, uralte
Erinnerung. Die übertönt Mannundfrau
Mit Musik aus dem Rundfunk und schafft noch dieses
und jenes.
Um neunzehn Uhr, wenn es dunkel wird,
Stößt Mannundfrau das Fenster auf, will schreien,
Zornig und furchtbar wie ein Adlerpaar.
Aber es preßt sich selbst die Kehlen zu,
Ißt zu Abend, wäscht ab, deckt die Betten auf.
Nur daß es nicht dazu kommt sich hinzulegen,
Denn es gibt keine Nacht mehr,
Keine Nacht mehr für Mannundfrau,
Keine gute Nacht.

Ein Aufhebens machen

Schlaf überkommt den Schlaf
Hochzeiter Traum
Leichtfüßig unterwegs
Mit silbernen goldenen Mandeln
Tritt auf der Stelle.
Der Vogel Nachtwald fliegt davon
Und schweigt.
Der Narr bedeckt
Mit seiner Hand die Schellen.

Heb deine Gerte
Schwarzgeflügelte
Seele des Toten
Reisekamerad.
Zerreiß das Schleierspiel
Auf meiner Netzhaut
Aus der Brandung schrei
Mir Möwe das Rätselwort zu.

Denn ein Fischer bin ich zu alt
Den Fisch an die Bootswand zu schlagen
Aber die Wetterbank schwarze
Seh ich im Westen.

Ein Jäger bin ich zu alt
Nicht zu zittern beim Blattschuß

Aber ich unterscheide
Die Tritte von Lämmern und Wölfen.

Wenn ich vorlesen soll
Verschwinden die Blätter
Mir unter den Händen.
Auswendig weiß ich das Dunkle.

Ich frage wem dringt das Gerücht
Von der Endzeit unter die Haut?
Wer verläßt sein Haus
Setzt sich unter den wilden Birnbaum?
Wer legt seine Kleider ans Ufer
Und wandert herzeinwärts?

Die das Nachsehen haben
Nachsehen den Flüssen der Sonne
Den enteilenden Schritten
Ach die Erde ist ihnen noch zugetan
Und die brennende Weide.
Die Granittrommel schlägt ihnen Mut zu
Der Regen richtet sie auf.

Mich und meine Brüder
Die todesmutig
Ein Amt übernehmen
Dem niemand gewachsen ist.

Mich und meine Brüder
Die Ausgesetzten im Fellkleid

Die alles noch einmal ersinnen
Auf der Insel Verzweiflung.

Was wir dir sagten
Erde einst
Unsern Lobspruch
Auf dein Schilf deinen Staub deine Rosen
Trägst du uns wieder zu
Gespenstiges Echo.

Ich lebte

[...]
Mund auf Mund gepreßt
Der Liebenden bäumte sich auf
Gegen die Einsamkeit,
Und ein altes Entzücken
Überströmte noch immer
Glitzernd das Steinfeld.
Angst zu sterben
Und Angst zu leben
Hielten sich die Waage noch immer.
Natur trug unbekümmert ihr altes Gewand
Herzzerreißende Schönheit.
Das Leben war noch immer ein Geheimnis.
Der Tod ein andres.

Rundfunk

Zuschauerraum dunkler als dunkel
In die Muschel gesprochen für wen?
Für wen diese Bloßstellung
Bis aufs Schamhaar Entkleidung
Eines Rückens gebückt
Vom Suchen ertrunkener Spuren
Zweier Hände die nichts mehr halten
Zweier Augen die nicht mehr bei Trost sind
Einer Stimme die falschsingt vor Sehnsucht.

Ihr Schattenohren für Euch
Undeutliche die Ihr Euch wiegt
Wortlos im kalten Äther.

Gegen Abend

Eine kleine Wendung, noch eine
Und du stehst gegen Abend.
Mit rotem Gesicht
Wie eine erschrockene Braut.
Mit Widerscheinaugen
Bestürzten
Von dem was der Himmel entfacht:
Zu prangend für dich
Eine Hochzeit
Zu ewig für dich
Eine Nacht.

Villa Massimo

Vorgefunden zwei Staffeleien
Eine beschmierte Palette
Einen Geruch.
Ich will mir ein Bild machen
Von dem tödlichen Ernst der Zypressen,
Von den fröhlichen Schritten der Pergola.
Grün soll nicht heißen Hoffnung
Weiß soll nicht heißen Unschuld
Schwarz soll nicht heißen Tod.
Meine Sonne soll nicht erscheinen
In Sonnengestalt
Noch meine Schwermut
Im Gewand des Abends.
Mein Fluß wird seinen Lauf
Willkürlich ändern
Und münden mir
Wer weiß in welchem Meer.

Spring vor

Für Wilhelm Lehmann
zum 80. Geburtstag

Spring vor, spring zurück
Umarme den Taustrauch
Begrüße den Frühmond
Berühre das Steinherz
Wo sind wir zu Hause
Bei Asche und Streuwind
Im Wolkenrot Mohnrot
Im Hall zweier Stimmen
Im Fall zweier Schritte
Im Nirgends und Immer
Im Überallnie.

Piazza Bologna

Sieben Schreibmaschinen schreiben
Auf dem mittagstillen Postamt
Leeren Fingers, manchmal klingelnd
Rebenzeilen
Rosenzeilen
Allen zugedacht von allen
Keinem zugedacht von keinem
Sieben leere Schreibmaschinen
Auf dem mittagstillen Postamt
Schreiben die versäumte Liebe.

Morgen

Morgen passen mir die roten Schuhe
Morgen bin ich leicht und hafte nirgends
Morgen bläst mich dein geheimer Atem
Meertief über das zerwühlte Herzland
Morgen spielt der Abend mir vom Blatt
Rotem Sichelblatt des Eukalyptus
Drei vergessene winzige Etüden
Hingetupfte schwarz und elfenbein.

Meine Neugier

Meine Neugier, die ausgewanderte, ist zurückgekehrt
Mit blanken Augen spaziert sie wieder
Auf der Seite des Lebens.
Salve, sagt sie, freundliches Schiefgesicht,
Zweijährige Stimme, unschuldig wie ein Veilchen,
Grünohren, Wangen wie Fischhaut, Tausendschön
Alles begrüßt sie, das Häßliche und das Schöne.

Gerade als hätte ich nicht schon längst genug,
Holt sie mir meinen Teil, meinen Löwenteil,
An dem, was geschieht, aus Häusern, die mich nichts
angehen.
Ein Ohr soll ich haben für jeden Untergang
Und Augen für jede Gewalttat.

Die schönste Abendröte kommt dagegen nicht auf,
Die zartesten Gräser sind machtlos.
Wie sehne ich mich nach der Zeit, als sie nichts zu
bestimmen hatte,
Als ich hintrieb ruhig im Kielwasser des Todes,
In den milchigen Strudeln der Träume.

Vergeblich jag ich sie fort, meine Peinigerin.
Da ist sie wieder, trottet und hüpft,
Streift mich mit ihrem heißen Hündinnenatem.

Vergeblich beklage ich mich.
Was für ein schreckliches Lärmen,
Was für ein Gelauf und Geläute,
Was für eine Stimme, die aus mir selber kommt,
Spottdrosselstimme, und sagt,
Was willst du, du lebst.

Wo bin ich

Ich bleibe wo ich bin
In diesem Gehäuse das wehtut
Das ich aufbrechen könnte
Und könnte mich ausfließen lassen
Und versickern lassen mein Blut
Rinnsal zu Rinnsal
Mein Fleisch den Füchsen.

Aber ich bleibe
Verdorre
Unter der Stechsonne
Verfaule im Regen.

Stockfleckig
Aufrecht noch immer
Beim Koppelrick
Beim wilden Kirschbaum
Behalt ich im Auge den Weg
Auf dem du fortgingst
Auf dem du zurückkommst
Keines Tages.

Fragmentarisch

Das sichtbare das
Unauffindbare das
Nicht mehr vorhandene das
Vergessene Ich.

Ungenau

Es hat geregnet
Hat nicht geregnet
Wind ging
Ging nicht
Du sagtest
Warst stumm
Warst stumm bei mir
Und nicht bei mir
Wann nicht bei mir
Vor wieviel
Keiner Zeit?
Wir gingen gingen
Krieg war
Und Hunger war
Zu jeder Zeit.

Gingst so stille

Was ich für Träume träume neuerdings
Die Zirruswolken schleichen kätzchenklein
Mir um die Füße das bedeutet Unglück
Die Sonne mit ihren Protuberanzen kocht
In meinem Suppentopf
Eine Leuchtschrift befiehlt mir den Mond
Und die weiche Landung.
Aber das Ding in dem ich stecke schlägt hart auf
Der Mond zerspringt wie eine Küchentasse
Nun bin ich schuld daß es keinen Mond mehr gibt
Gingst so stille
Und was wird sein mit den Liebenden
Was wird sein mit Ebbe und Flut?

Exotarium

Ich Pinguinin
Schwarzweiße fette Madam
Leg meine Stummelarme vor den Bauch
Und schaue auf zu dem an meiner Seite
Dem Pinguinendenkmal meinem Mann
Ein Enkel ab und zu gleitet gemessen
Durchs Wasserrund
Die übrige Verwandtschaft
Nah beieinander würdevoll gesellig.
Nur einer steht in Frack und weißer Weste
Ganz hinten auf der Klippe
Stützt seinen Schnabel an die blaue
Gemalte Ferne
Und sucht mit seiner Pinguinenseele
Was sucht mein armer Sohn der Pinguin?

Ad infinitum

All die fortgehen
Durch die Glastür aufs Rollfeld
Durch die Bahnhofssperre
Die sich umdrehen winken
Deren Blicke zu Boden sinken
Deren Gestalten
Langsam undeutlich werden
Alle sind du.
Du stehst bei mir
Wendest dich ab gehst fort
Wirst kleiner und kleiner
Seit wann
Seit dein Tod mir am Hals hing
Mir die Kehle zudrückte
Stehst du immer wieder bei mir
Wendest dich ab gehst fort
Den Bahnsteig entlang
Rollfeldüber
Wirst kleiner und kleiner
Stehst da
Wendest dich ab
Gehst –

Vor der Tür

Ich verlasse
Ich stoße mich ab
Von allem
Hab meine Lust
Immer am Aufbruch
Weiß kein beßres Wort
Als dies
Lebt wohl
Lebt wie ihr wollt
Womöglich wohl
Aber jedenfalls ohne mich
Ich bin schon vor der Tür
Bin an der Luft
An die Luft gelehnt
An die tausend Stimmen
Der Einsamkeit
Atme ich tief.

Ein Leben nach dem Tode

Glauben Sie fragte man mich
An ein Leben nach dem Tode
Und ich antwortete: ja
Aber dann wußte ich
Keine Auskunft zu geben
Wie das aussehen sollte
Wie ich selber
Aussehen sollte
Dort

Ich wußte nur eines
Keine Hierarchie
Von Heiligen auf goldnen Stühlen sitzend
Kein Niedersturz
Verdammter Seelen
Nur

Nur Liebe frei gewordne
Niemals aufgezehrte
Mich überflutend

Kein Schutzmantel starr aus Gold
Mit Edelsteinen besetzt
Ein spinnwebenleichtes Gewand
Ein Hauch
Mir um die Schultern
Liebkosung schöne Bewegung

Wie einst von tyrrhenischen Wellen
Wie von Worten die hin und her
Wortfetzen
Komm du komm

Schmerzweb mit Tränen besetzt
Berg-und-Tal-Fahrt
Und deine Hand
Wieder in meiner

So lagen wir lasest du vor
Schlief ich ein
Wachte auf
Schlief ein
Wache auf
Deine Stimme empfängt mich
Entläßt mich und immer
So fort

Mehr also fragen die Frager
Erwarten Sie nicht nach dem Tode?
Und ich antworte
Weniger nicht.

Liebe

Liebe ist nicht, was die Mütter
Sagen, daß sie einst war:
In Glanz und Maigewitter
Die Blume Immerdar.
Seit sich der Tag gewendet
In Elend und Gefahr,
Geht sie mit blutenden Händen
Und eisengrauem Haar.
Sie sammelt am Raine der Sorgen
Zur Speise das bittere Kraut,
Für morgen und übermorgen
Ist ihr kein Haus erbaut.
Sie murmelt: Ich will Euch nicht betten,
Hab keinen Wein bereit,
Ich kann Euch nicht erretten
Aus der Verlorenheit.
So wandert sie hin am Raine
Verdrossen und heimatlos
Und hebt doch im Sonnenscheine
Empor sich riesengroß.
Wenn sie die Arme breitet
Herrlich im Blütenfall:
Kommt zu mir, liebt und leidet,
Versöhnt das All.

Vergänglichkeit

Spät und für kurze Zeit
Öffnet der Tag die Lider,
Lang war die Dunkelheit,
Bald kehrt sie wieder.

Spät und für kurze Zeit
Ist uns vergönnt zu sehen,
Reich ist die Welt und weit,
Doch wir vergehen.

Spät und für kurze Zeit
Lernen wir lieben.
Der Jugend schönes Kleid
Ist nicht geblieben.

Spät und für kurze Zeit
Beugen das Haupt wir nieder.
Alles ist nah und weit,
Wir kehren nicht wieder.

Auffädeln will ich am Ende
Alles Atlantische
Ein Bild mir zu machen später
Von dem, was ich sah
Von den Wellen, den hoch aufgebäumten,
schaumüberstürzten

Den zähen, dickflüssigen
Den starrhäutig gläsernen
Den erdfarbenen, schlammfarbenen, rauchgrauen
Den gletschergrünen, milchweißen, kobalt

Bild von den Himmeln
Den kühlen, frühmorgenkahlen
Den stahlblauen, veilchenblauen, gewitterschwarzen
Den rotstreifigen, purpurgefleckten, verendend im
Grünstrahl
Den sternendurchlöcherten, mondlosen, mondweißen
Bild.

Auch von den Sonnen
Den blendenden, nicht ins Auge zu fassenden
Den roten am Horizont hinrollenden Bällen
Den zerlaufenen Dottern
Den Goldritzen, Gluthügeln, Kegeln
Den aufsteigenden, sinkenden, jäh in die Tiefe gerissen

Verschlungen vom Nachtwolf
Denn es gibt keine Dämmerung.

Bild von den Wolken, Graukissen, Blaukissen,
Schneewächten, Fischen
Dem Federvolk, Lämmervolk, Zephir
Tiergestalten, Faunsgesicht, finstere fliehende
Heerschar
Mooswolken, schwarze Gespinste
Muschel Aurora.

Auch von den Monden
Den blinkenden Sicheln
Den schaukelnden Booten
Schmalbrüstigen, dickbäuchigen
Gelbmonden, Rotmonden, Mondmann
Mit Höfen, ohne Höfe, nebelumflossen, mit Auren
Auftauchend hinter der Filmleinwand und wieder
verschwindend
Mond hin, Mond her.

Nicht zu vergessen die Fische, winzige, fliegende,
stahlgrau
Dicke, kobolzende
Altes Gefolge des Orpheus
Schwarz unter Wasser hinschießende Räuber
Leuchtfische, Schattenfisch, Quallen
Und ihr, meine Sterne, meine Horde, mein helles
Gewimmel
Weißleuchtend, gelbleuchtend, Feuer, Türkis

Umflossen von Milchstraßen, nicht einer nur,
sondern vielen
Glitzerstraßen, breitarmiges Delta des Himmels
Geht das Kreuz auf, geht der Wagen unter
Wohin alter Wagen, trottender Bär?

Und all die Bewegung
Bugtief, heckhoch, hecktief, bughoch
Stolpernde Füße, tanzende Flaschen
Schlitternde Scheiben, fliegende Bälle
Wind, der die Kopftücher wegreißt
Wind, der die Planken mit Ozean überschüttet
Rückenwind, Gegenwind, warmer Wind, kalter
Wind Sturm.

Und die Ruhe endlich, die Ruhe, Ruhe
Kein Schiff mehr vorüber
Kein Leuchtstrahl, kein Morsezeichen
Keine Nacht, keine Sterne, kein Mond, kein Fisch
Nur die Bugwelle rauscht, rauscht, rauscht –

Ziemlich viel Mut

Ich finde doch, daß ziemlich viel Mut in der Welt ist,
Wenn man die Tage bedenkt, an denen es gar nicht recht
hell wird.
Und die Jahre ganz ohne Hoffnung. Wenn man bedenkt,
Daß es gar niemand gibt, der nicht seine Sorgen hätte,
Zumindesten diese: Kind, was wird dir geschehen?
Und wir wissen doch alle, wie sehr wir mißtrauen
Dem Dach über unserem Kopf und der Erde zu unseren
Füßen,
Und daß keiner von uns mehr sagen mag: Rose,
Schwester
Und Bruder Tod und Heimat Ewigkeit.

Und doch hab ich heute gesehen, wie einer die Buche
Pflanzte, den dürren Stecken, und sah zu ihr auf,
Als wölbe sich schon über seinem Haupte die Krone.
Den ganzen Tag hab ich Lastwagen fahren sehen
Voll Bretter und Schwellen, voll Balken und roter Ziegel.
Ich sah mein eigenes Gesicht im Spiegel
Als ich fortging, dir zu begegnen.
Wie war es voll Freude.

Du

Ich habe dich betrogen mit einem Palmbaum
Ich habe dich vergessen über einem Lied aus Bahia.
Die Wälder haben ihre Luftwurzeln ausgeworfen
Im schwarzen Sumpfwasser verlor sich mein Spiegelbild.
Wie geduldig warten die Toten.
Wie geduldig warten die Toten ozeanweit
Sitzen bei den Leuchttürmen
Auf den Klippen der alten Heimat
Nähren das Feuer.

Ein Wort und ein Wort

Wer Blätter herbstliche
Herabgeweht
Auffängt mit der Hand
Kann den Sommerbaum doch nicht zusammenfügen
Die vom Steinwurf zersplitterte Scheibe
Stellt sich nicht wieder her.

Nur ein Wort und ein Wort und ein Wort
Wahllos aus dem Sprachnetz gerissen
Zueinandergeschleudert
Umarmen sich.
Sind sogleich eine
Sind meine Welt.

Den will ich lieben, der stark wie mein Vater ist
Und schwach wie mein Kind.
Der mehr weiß, als ich wissen kann
Der weiter sieht, als ich sehen kann
Der wacht, wenn ich schlafe.
Der, wenn ich fortgehe, klagt
Ich kann nicht leben ohne dich
Der kommt, mir im Schoße zu liegen
Und über seinem Haar
Seh ich die Vögel fliegen
Und ich weiß, es ist nicht wahr.

Aber eine ist wohl, die denkt:
Sehr schreckliche Gewalten
Müssen irgendwo sein.
Mich hat die Erde gehalten
mit ihrem süßen Schein.
Aber Männer sind immer
wie auf hoher See
Und sitzen mitten im Zimmer
Wie im Garten Gethsemane.
Und man sollte mit ihnen wachen.
Aber wie schnell sind wir müd
Und die Kinder rufen und lachen
Und es zieht uns zu allem, was blüht.
Und kein Zeichen, das je uns belehrte,
Es sei denn in Flammen geschrieben.
O wenn er mir wiederkehrte,
Wie wollt' ich ihn lieben.

Nachtwache

Nachtwache hielt ich eine ganze Nacht
Wo war der Leib des Kranken oder Toten
Dem ich den Trank reichen sollte oder die Geister
abwehren
Die Wohnung nehmen im wehrlosen Haupt?
Kein Bett war da, kein schwarzer Katafalk
Nur das geheimnisvolle Fenster Welt
Das redete und glühte ohne Ende
Und spie Gestalten aus, die flüsterten
Und schrien laut, liebten und haßten sich.
Ablenken wollte ich den Strom des Lebens
Fand keinen Schalter, die Wand war glatt.
Schlafen wollte ich, ruhen, doch meine Lider
Bedeckten die Augäpfel nicht.
Wachen mußte ich, sehen, die Herzkammern alle
Die unerreichbaren Schattenspiele
Und die Schreie hören, die fernen, in Norköping und
Minnesota
Schnee fiel im Zimmer, Frühlingssturm blähte die Laken
Manchmal, wenn die Uhr schlug, schreckte ich auf
Sah meine Hand, die schrieb.

Draußen

Macht Euch doch auf, geht die draußen zu fragen
Nach der Musik, nach der Zukunftsmusik.
In unseren Ohren rauschen die Wasser des Todes,
In unseren Ohren murmeln die Stimmen der Toten,
die immer noch
Mitreden wollen.
Aber dort ist es still.
(...)

Romeo und Julia

Man spielte Romeo und Julia
Im Klostergarten unter freiem Himmel.
Romeo war keiner von denen, die Angst vor dem Wagnis
haben
Und die liebliche Julia erschrak nicht vor seinem Kusse
Alles in diesen beiden war hell, ohne Abgrund.
Nur das Verhängnis war um sie von Anfang an.
Es wehte im Wind, der den Vorhang des Bettes bewegte
Es stieg aus dem bitteren Efeu des Klosterhofs.

Alle die jungen Menschen auf den eisernen
Gartenstühlen
Wußten von vorneherein, daß die Sache schlecht
ausgehen würde
Daß irgend etwas ganz Dummes geschehen würde
Etwas das nichts mit dem Streite zu tun hatte
Und nichts mit dem Feuer der Liebe.

Ab und zu legte einer den Kopf in den Nacken
Über den Mauern ragten die Trümmer auf
Von der Straße klang das Geschrei der Zeitungsverkäufer
Die Fliegen leuchteten feurig im Scheinwerferlicht.

Kurz vor halb elf Uhr kreuzte das Nachtflugzeug
Mit roten und grünen Laternen die Bucht des Himmels
Julia in der Grabkammer schlug ihre Augen auf
Und Romeo war tot.

Die jungen Leute
Suchten in ihren Taschen nach der Garderobennummer.
Keiner, der nicht bis ins Mark gefroren hätte
Als das Licht auf der Bühne erlosch.

Machandelbaum

Alle Sehnen sind bloßgelegt
Alle Knöchlein
Beiseitegeschlossen
Reinlich mit Nummern versehen

Aber die Frage was jetzt
Erübrigt sich

Denn Zukunft
Kommt immer
Entgegengesprungen
Wie Quellwasser, diesen
Alten Bergabweg
Immer

Liegt, wenn
Es morgen wird
Unterm Machandelbaum
Der Zusammengefügte

Mit glatter Haut
Mit heilen Gliedern
Die Augen voll
Von Morgenrot

Freiheit

Morgen sind wir doch
Was Tote sind
Ein Samen im Wind
Ein Spinnweb im Dorn
Aber heute noch
Ein Verlangen ein Zorn
Ein Verdruß eine Gier
Ein Stück Gott ein Stück Tier
Ein Schritt in den Straßen
Ein Schluchzen ein Schrei
Getrieben verlassen
Zu lieben frei.

Seiltanz

Kein Schmerz mehr
Oder fast keiner
Nur dieser zärtliche Seiltanz
Leichtfüßig mit Stäben aus Bambus

Wir aufeinander zu
Tief unten
Liegen die alten
Lavaerstarrten Länder
Städte und blinkende Flüsse
Hudson Halikarnass

Wenn wir uns erreichen
Umarmen
Stürzen wir
Glühende Meteoriten
Den schwarzen leeren
Astronautenhimmel
Hinauf
Hinab.

Vielleicht

Vielleicht sind wir doch nicht
Sind wir nicht Gottes Kinder

Vielleicht ist da keine
Ist keine Himmelsleiter

Vielleicht sitzt keiner am Ende
Über uns zu Gericht.

Eines ist sicher:
Wir fallen, zerfallen
Unsere Hände fallen ab
Unsere Wangen
Die Augen zuerst

Eines Tages wird nichts mehr dasein
Von dieser so und so
Gearteten Person

Nur ein Schmerz in der Magengrube
Eines der sie geliebt.

Nachwort

Zu irgendeiner Zeit und auf irgendeine Weise muß man es erfahren. Entweder man ist noch ganz jung, oder man ist gar nicht mehr jung. Aber einmal muß man es erfahren, auf jeden Fall.

So beginnt eine Erzählung von Marie Luise Kaschnitz. Und nichts liegt näher als die Frage, worauf will sie hinaus. Um klüger zu werden, liest man die Geschichte, und stellt fest, daß die Geschichte eine ganz verworrene ist. Zunächst konstatiert die Erzählerin, daß die Existenz des Menschen eine tragische ist. Ja, das haben wir auch erfahren. – Dann erzählt sie von einem, den sie kannte und der schon über 30 Jahre alt war, als er es erfuhr. Ein Jurist, oberflächlich, nüchtern und karrierebewußt. Der Notar, bei dem er arbeitete, trug ihm auf, den Nachlaß einer 40jährigen Person zu ordnen. Obwohl sie einer begüterten Familie entstammte, war sie verhungert. 21 Bilder – alle Porträts – gehörten zum Nachlaß. Je intensiver er sich mit den Bildern befaßte, um so deutlicher wurde ihm die Ähnlichkeit mit sich selbst bewußt. Auf einem Blatt stand ein Text, der hier zitiert werden soll. Es war da, in ziemlich unklaren Worten, davon die Rede, *daß einer in der Welt sich selbst, aber ein anderer in sich selbst die Welt erkennen könne,* auch davon, *daß alles nur eines sei, Draußen und Drinnen, Stein und Pflanze, Leben und Tod. Auch Du, Liebster,* hieß es am Ende, *wirst eines Tages tragisch leben, aber ich sage Dir, daß das tragische Leben das einzig menschenwürdige und darum auch das einzig glückliche ist.* Und diese sonderbare Geschichte endet damit: *Erst viel später hat er sich daran erinnert, daß er in jener Nacht den Paukenschlag gehört hat, den jeder von uns einmal hört und mit dem das eigentliche Leben beginnt.*

Als ich die erste Zeile dieser Geschichte las, dachte ich nicht an Paukenschlag, vielmehr daran, daß es sich um Liebe handelt, die man – ob jung oder alt – erfahren muß. Und ich dachte, vielleicht steckt ein Geheimnis darin, das sich mit Hilfe eines anderen Textes ergründen läßt. Ein anderer Text zum Beispiel ist dieser:

Nur diese
Langsam heran
Wachsende Gegenwart
Diese sich unaufhaltsam
Ausbreitende Landschaft Liebe ...

Welch ein herrliches Bild für die Liebe, eine Landschaft mit Schwertgras und Rosen, Wasser und Wind, in der sich die Liebe beheimatet in all ihren Stadien – im Stadium der Erwartung, Erfüllung, Enttäuschung, Entzweiung, Versöhnung und wieder Zerrüttung, der der nicht endende Verlust folgt, ein letzter Zustand, der in die Zeile mündet:

Wer weiß ob ich atme
Wenn die Uhren Vergänglichkeit ticken und
Trost ist nicht, da du mein Trost gewesen.

Da ist die Stimme, die falsch singt vor Sehnsucht, wenn die Stadien abgelöst werden von der wiederkehrenden Neugier auf die Welt, und die Stimme sich hören läßt: Was weißt du, du lebst, um dich des Verlusts zu entledigen.

Und:

Eines Tages wird nichts mehr dasein
Von dieser so und so
Gearteten Person
Nur ein Schmerz in der Magengrube
Eines der sie geliebt.

Wohin aber rettet sich der Mensch in seiner Einsamkeit und dem Bewußtsein, daß es ein Ende haben muß mit ihm? Ins Leben nach dem Tod, wo ihn erwartet:

Nur Liebe frei gewordne
Niemals aufgezehrte
Mich überflutend

Seit jeher wissen wir, daß für Marie Luise Kaschnitz das Thema »Liebe« in allen Farben und Formen, in all ihren Zeiten unverzichtbar war. Sie war im Besitz und wir sind es immerzu – außerordentlicher Erzählungen, tiefgründig, analytisch, geheimnisvoll, beängstigend. Sie hat sich selbst immer wieder auf die Probe gestellt, um die Ernsthaftigkeit, die Verläßlichkeit dieses Phänomens zu überprüfen. Ja, sie ist so weit gegangen, das Paradies samt Adam und Eva einer kühnen Korrektur zu unterziehen, weil sie wußte, was sich eine Liebende wünscht und auf welche Weise sie von irdischer Enttäuschung befreit würde. Die Erzählungen haben ihren Herrschaftsbereich, die Gedichte haben ihr eigenes Schreiben, Denken, Lieben. Ein weit und breit strömender Fluß aus Liebe, der vor anderem dazu da ist, die Beschwernisse des Lebens fortzutragen.

Zeittafel

31. Januar 1901 Marie Luise Josephine Freiin von Holzing-Berstett wird in Karlsruhe geboren.

1902-1917 Kindheit und Jugend in Berlin und Potsdam.

1917/18 Übersiedlung mit der Mutter nach Karlsruhe, dann nach Bollschweil.

1. Februar 1919 Erste Veröffentlichung: »Der Geiger. Eine Skizze« (in der *Badischen Presse*).

1922-1923 Buchhändlerlehre in der Thelemannschen Buchhandlung in Weimar; Kontakt zum Bauhaus.

1924-1925 Rom: Buchhändlerin im Antiquariat Leonardo S. Olschki, gleichzeitig Sekretärin im Deutschen Archäologischen Institut.

29. Dezember 1925 Heirat mit dem Archäologen Guido von Kaschnitz-Weinberg.

1926-1932 Lebt überwiegend in Rom; Reisen in Italien.

23. Dezember 1928 Geburt der Tochter Iris Constanza in Freiburg.

1929/30 Niederschrift der ersten Erzählungen.

1932 Übersiedlung auf das Familiengut Bollschweil bei Freiburg.

1932-1937 Königsberg.

1933 *Liebe beginnt. Roman*; Vorabdruck in der *Vossischen Zeitung*.

1934 Lyrikpreisträgerin eines Wettbewerbs der Zeitschrift *Die Dame*.

1935 Reise nach Nordafrika.

1936 Griechenlandreise.

1937-1941 Marburg.

1937 *Elissa. Roman.*

1937/38 *Der alte Garten* (Kinderbuch).

Ende März/Anfang April 1939 Paris-Reise.

1941 Übersiedlung nach Frankfurt am Main.

1944 *Griechische Mythen.*

1945-1946 Längerer Aufenthalt in Bollschweil, danach wieder in Frankfurt am Main.

1946 *Menschen und Dinge 1945. Zwölf Essays.*

1947 *Gedichte* (aus den Jahren 1928 bis 1944).

1948 *Totentanz und Gedichte zur Zeit.* 4.-8. Oktober Teilnahme am internationalen Schriftstellertreffen in Royaumont bei Paris, dort erste Begegnung mit Paul Celan.

1948-1949 Mitherausgeberin der von Dolf Sternberger, Karl Jaspers, Werner Krauss und Alfred Weber begründeten Zeitschrift *Die Wandlung.*

1949 *Gustav Courbet. Roman eines Malerlebens* (u. d. T. *Die Wahrheit, nicht der Traum* 1967 wiederveröffentlicht). PEN-Mitglied. Im Sommer Italienreise.

1950 *Zukunftsmusik* (Gedichte).

1951 *Ewige Stadt* (Rom-Gedichte).

1952 *Das dicke Kind und andere Erzählungen.* Hörspiele: *Jasons letzte Nacht, Die fremde Stimme.*

1952-1956 Rom. Reisen nach Apulien, Griechenland, Türkei, Ägypten.

1953 Das ›römische Tagebuch‹ *Engelsbrücke* entsteht. Hörspiele: *Was sind denn sieben Jahre, Das Spiel vom Kreuz.*

1954 *Caterina Cornaro* (Hörspiel).

1955 *Engelsbrücke. Römische Betrachtungen.* Hörspiele: *Der Hochzeitsgast, Die Kinder der Elise Rocca.* Georg-Büchner-Preis.

1956 *Haus der Kindheit*; *Der Zöllner Matthäus* (Hörspiel). Juli: Reise nach London; ab Herbst: Frankfurt als dauernder Wohnsitz, weiterhin regelmäßige Reisen und Aufenthalte in Rom und Bollschweil.

1957 *Neue Gedichte*; *Hotel Paradiso* (Hörspiel). Immermann-Preis der Stadt Düsseldorf.

1. September 1958 Tod von Guido von Kaschnitz-Weinberg.

1958 *Wer fürchtet sich vorm schwarzen Mann* (Hörspiel).

1959 Mitglied der Akademie der Wissenschaften und der Literatur Mainz.

1960 *Lange Schatten. Erzählungen*; *Die Reise des Herrn Admet* (Hörspiel). Gastdozentin an der Universität Frankfurt am Main.

1961 Hörspiele: *Tobias oder Das Ende der Angst, Der Hund.* Gast der Villa Massimo/Rom.

1962 *Dein Schweigen – meine Stimme. Gedichte 1958-1961*; *Hörspiele* (Sammelband). Lese- und Vortragsreise nach Brasilien.

1963 *Wohin denn ich. Aufzeichnungen*; Hörspiele: *Schneeschmelze, Ein königliches Kind.*

1964 *Ferngespräche* (Hörspiel). Literaturpreis des Kulturkreises des Bundesverbands der deutschen Industrie; Georg-Mackensen-Literaturpreis für die beste Kurzgeschichte (»Ja, mein Engel«). Dezember: Besuch des Auschwitz-Prozesses in Frankfurt.

1965 *Ein Wort weiter* (Gedichte); *Überallnie* (*Ausgewählte Gedichte 1928-1965*); *Die Fahrradklingel* (Hörspiel). Mitglied der Bayrischen Akademie der schönen Künste.

1966 Verleihung der Goethe-Plakette der Stadt Frankfurt am Main; Wechsel zum Insel Verlag, wo fortan alle weiteren Bücher erscheinen. *Ferngespräche* (Erzählungen); *Beschreibung eines Dorfes*; *Gespräche im All* (Hörspiel).

1967 Ehrenbürgerin von Bollschweil; Lesereise in die USA; Wahl in den Orden ›Pour le mérite‹.

1968 *Tage, Tage, Jahre. Aufzeichnungen.* Ehrendoktorwürde der Universität Frankfurt am Main.

1969 *Vogel Rock. Unheimliche Geschichten*; *Schneeschmelze* (Fernsehspiel); *Beschreibung eines Dorfes* als Film von Horst Bienek.

1970 *Steht noch dahin. Neue Prosa.* Hebel-Preis des Landes Baden-Württemberg.

1971 *Insel-Almanach 1971* (hg. von Hans Bender) erscheint aus Anlaß ihres 70. Geburtstages. *Gespräche im All. Hörspiele*; *Zwischen Immer und Nie. Gestalten und Themen der Dichtung.* Verleihung der Goethe-Plakette des Landes Hessen.

1972 *Kein Zauberspruch. Gedichte.* Teilnahme am Celan-Kolloquium in Paris.

1973 *Orte. Aufzeichnungen*; Roswitha-Gedenkmedaille der Stadt Bad Gandersheim.

1974 *Gesang vom Menschenleben* (Gedichte; erw. Ausgabe 1982).

10. Oktober 1974 Marie Luise Kaschnitz stirbt in Rom, Beisetzung in Bollschweil.

Inhalt

Zu dieser Ausgabe

insel taschenbuch 3123: Marie Luise Kaschnitz, Liebesgedichte. Die Gedichte wurden der Ausgabe entnommen: Marie Luise Kaschnitz, Gesammelte Werke in sieben Bänden. Herausgegeben von Christian Büttrich und Norbert Miller. Fünfter Band: Die Gedichte. Gesammelte Werke © Insel Verlag Frankfurt am Main 1985.

Der Abdruck folgender Gedichte erfolgt mit freundlicher Genehmigung von Iris Schnebel-Kaschnitz: Die Liebenden; Heimat; Maß der Liebe; Spiel der Wünsche; Einst; Wasser, ihr schönen ...; Vineta; Die Vigna; Bourdzi; Am Strande; Selinunt; Obertöne; Bräutigam Froschkönig; Erwartung; Genazzano; Castellezlandschaft; Stadtrundfahrt; Tageszeiten; Requiem; Einer von zweien; Dein Schweigen; Wo; Schrecklicher noch; Breit ist die Ebene; Du sollst nicht; Schenke der Quelle; Vom Strand wo wir liegen; Lebensbaum; Früchte des Winters; Der blaue Vorhang; Erde; Seeadler flieg auf; Interview; Dreimal; Gute Nacht; Ein Aufhebens machen; Ich lebte; Rundfunk; Gegen Abend; Villa Massimo; Spring vor; Piazza Bologna; Morgen; Meine Neugier; Wo bin ich.

Umschlagabbildung: August Macke, Elisabeth Gerhardt auf grünem Stuhl, 1908. Kunstmuseum Bonn.

Die schönsten Liebesgedichte im insel taschenbuch

Anna Achmatowa
Liebesgedichte
Ausgewählt von Olaf Irlenkäuser
Übertragen von Alexander Nitzberg
it 2946. 120 Seiten

Bertolt Brecht
Liebesgedichte
Ausgewählt von Werner Hecht
it 2824. 127 Seiten

Paul Celan
Liebesgedichte
Ausgewählt von Joachim Seng
it 2945. 128 Seiten

Annette von Droste-Hülshoff
Liebesgedichte
Ausgewählt von Werner Fritsch
it 2876. 136 Seiten

Joseph von Eichendorff
Liebesgedichte
Ausgewählt von Wilfrid Lutz
it 2821. 113 Seiten

Johann Wolfgang Goethe
Liebesgedichte
Ausgewählt von Karl Eibl
it 2825. 108 Seiten

NF 69/1/4.05

Heinrich Heine
Liebesgedichte
Ausgewählt von Thomas Brasch
it 2822. 80 Seiten

Hermann Hesse
Liebesgedichte
Ausgewählt von Volker Michels
it 2826. 128 Seiten

Else Lasker-Schüler
Liebesgedichte
Ausgewählt von Eva Demski
it 3083. 143 Seiten

Nikolaus Lenau
Liebesgedichte
Ausgewählt von Wilfrid Lutz
it 2838. 144 Seiten

Eduard Mörike
Liebesgedichte
Ausgewählt von Wilfrid Lutz
it 3040. 160 Seiten

Novalis
Liebesgedichte
Ausgewählt von Gerhard Schulz
it 2874. 112 Seiten

Francesco Petrarca
Liebesgedichte an Laura
Übertragen von Jürgen von Stackelberg
it 3022. 128 Seiten

NF 69/2/4.05

Alexander Puschkin
Liebesgedichte
Ausgewählt von Rolf-Dietrich Keil
it 2968. 144 Seiten

Rainer Maria Rilke
Liebesgedichte
Ausgewählt von Vera Hauschild
Mit einem Nachwort von Siegfried Unseld
it 2823. 112 Seiten

Joachim Ringelnatz
Liebesgedichte
Ausgewäht von Günter Stolzenberger
it 3082. 143 Seiten

William Shakespeare
Liebesgedichte
Ausgewählt von Jutta Kaußen
it 2987. 128 Seiten

Rabindranath Tagore
Liebesgedichte
Ausgewählt von Martin Kämpchen
it 2988. 106 Seiten

NF 69/3/4.05

